KB142348

미완의 언어

미완의 언어

2024년 02월 29일 제 1판 인쇄 발행

지 은 이 ㅣ 박원영
펴 낸 이 ㅣ 박종래
펴 낸 곳 ㅣ 도서출판 명성서림

등록번호 ㅣ 301-2014-013
주   소 ㅣ 04625 서울시 중구 필동로 6 (2, 3층)
대표전화 ㅣ 02)2277-2800
팩   스 ㅣ 02)2277-8945
이 메 일 ㅣ ms8944@chol.com

값 10,000원
ISBN 979-11-93543-47-4 (03810)

미완의 언어

박원영 시집

시인의 말

오래 앓았다

무엇을 앓았는지도 모르면서

알약을 넘기며, 게우며

아프지 않으려고 시를 쓴다

약이 될지 병이 될지

지금 심정이라면

운명도 바꿀 수 있을 것 같다

2024년 새해 벽두

1부

겨울 나무

시인의 말

절취선 … 12

주홍 글씨 … 13

겨울 나무 … 14

초보 화가 … 15

방부제 … 16

설해목 … 18

길 … 20

어떤 웃음 … 22

면벽 수행 … 24

착 각 … 26

분 신 … 27

오월이 오면 … 28

전 지 … 30

오월의 섬 … 32

파르티잔 … 34

유랑의 닻을 내리고 … 35

철기 시대 … 36

미완의 언어 … 38

결 치 … 40

바 람 … 42

차례

2부

작은 거인

공습 경보 … 46

김 장 … 47

절명시 … 48

판대역 … 50

순환선 … 52

수몰지구 … 54

끽다거 … 56

화 원 … 57

검정 고무신 … 58

남량 특집 … 60

맨드라미 … 62

유월의 서체 … 64

반 지 … 65

좌 불 … 66

허공의 습관 … 67

괴팍한 화가 … 68

작은 거인 … 70

잔인한 사월 … 72

진군가 … 74

부 활 … 76

3부

비상의 꿈

후조 … 80

굴뚝의 노래 … 82

우울증 … 84

또, 하나의 삶 … 85

성주사지 석불 … 86

파란 수혈 … 88

비상의 꿈 … 90

동토의 제국 … 91

구멍 난 양말 … 92

일그러진 초상화 … 94

그리움 … 95

대어를 꿈꾸며 … 96

허공의 묘혈 … 98

동행 … 99

기사 … 100

북엇국 끓이는 아침 … 102

흑백 사진 … 104

야객 … 106

뿔 … 107

난기류 … 108

차례

4부

기도

누구세요 … 112

천 형 … 113

독야청청 … 114

몽 돌 … 115

잊혀진 이름 … 116

어둠의 포식자 … 117

얼 룩 … 118

상습 폭설지역 … 120

종이학 … 121

부 활 … 122

동안거 … 124

수난의 가족사 … 126

바 위 … 127

기 도 … 128

검투사 … 130

종점 … 132

모닥불 … 133

무혈 혁명 … 134

디아스포라 … 136

108병동에서는 … 137

작가 후기 … 138

1부

겨울 나무

절취선

같은 배를 탔다

불편한 동거가 시작된다

온갖 감언이설 수면 위로 떠오르고

설화說話 만개하다

후유증은 언제나 남은 자의 몫

예리한 눈빛으로 경계 하지만

잠시, 방심하는 사이

꼬리 자르고 줄행랑친다

눈 크게 뜨고도, 코 베이는 세상

주홍 글씨

차곡차곡 접어 두었던 그 내리막길
또, 도로 위에 눕는다

혀끝 떠난 일그러진 모음 한 조각,
허공을 찌르던
평생 모아도 부족할 순간의 후회
백지 한 장 사이 숨 가쁘게 넘나드는,
검은 그림자

가슴, 깊숙이 패인 굵은 포물선

소리가 먼저 닿는
발끝 미치지 못하는 거리가 있었지

누군가 써 놓은,
포도 위 저 선명한 주홍글씨
부릅뜬 눈 치켜뜨고 쏘아본다

파래진 심장 짓밟고 큰 바위덩이
굴러간다

겨울 나무

햇살 잘 지피는 공터에 조성 된 겨울나무 군락지 잠복소에 가려 수종 알 수 없는 나무들 이식 된 지 얼마 지나지 않은 듯 지주목 짚고 서 있다 지난번 떠난 설해목 안타까워하며 삼동 견딜 궁리 하고 얼음길에 미끄러져 삭정이가 부러진 경험담도 나누며 거센 바람 근근이 버틴다 다시 잎새 밀어 올릴 수 있을까 꽃도 열매도 진 그 나무가 그 나무인 참새처럼 콕콕 소주 쪼아 먹는다 귤나무가 노란 귤 몇 개 꺼내 놓으면 잇몸으로 한 쪽 씩 오물오물 거린다 열매 주렁주렁 열렸다던 왕년 뽐내려 햇빛 향해 가지 뻗어 보지만 이마 위 나이테만 꿈틀 유실수인지 무실수인지 분간도 안 되는 겨울나무 군락 아파트 담장 밑 옹기종기 해바라기하고 있다

초보 화가

  극도로 긴장한 초보 화가 눈을 그리고 얼음을 그리고 있다 물끄러미 바라보던 까치 한 마리 어이없다는 듯 고개 갸웃거린다 조심스레 뜬 실눈들 겁에 질려 다시 감는다 막 펼친 캔버스 위 회색 물감이 엎질러진다 꼬리 살랑이던 버드나무 움츠리며 비명 지른다 산수유 노랗게 현기증 일으킨다 방향 잃은 돌개바람 좌충우돌이다 서걱이던 계절의 잔해 이명으로 들리고 뒤섞이며 돌아가는 싸인 볼처럼 얼룩이 된 화접도 따스한 햇살 등 쓰다듬으며 초보 화가 달랜다 후유증 사나흘은 족히 가겠다

방부제

둥근 지붕

육중한 문 열리고
배로 뒤덮인 하마 한 마리
사경이 되어 나온다

장막 쳐진 밀실

습기 자욱하다
검은 꽃 듬성듬성 피어나고
향기 진동한다

환기 위해 문 열면 까맣게 벌떼들 달려들어
마구 쏜다

나비 한 마리 날아들지 못하고

부식 억제 위해 가면 쓴 하마들도
더러 있지만
상처투성이 된 저 모습

조용히 벗는다

물먹는 하마 한 마리 또, 무모하게
아방궁으로 들어간다

설해목

가짜 일기예보가 난무한다

사계절 눈이 내리고
한여름에도 폭설이 내린다
한 번 내리면 길길이 쌓이고
몇 날씩 지속되는 지독한 눈

견디지 못해 꺾어진 나무 허리 밟고
날아든 뭇새들 목청 돋운다
괴로워할수록 높아지는 음표

지긋지긋한 폭설 피해,
국경을 넘었지만

여전히 눈은 내리고

늘어만 가는 설해목
쓰러져 가는 설해목

여기저기 옮겨 다니며 퍼붓는 눈
화면 위에도 폭설이 내려
도로가 막힌다

설화가 만발한다

쌓인 눈 속엔 검은 소문이 묻혀있다
눈꽃마다 수없이 박힌 뾰족한 바늘,
콕콕 가슴 찌른다

폭설은 그칠 줄 모르고

앙상한 가지만 남은 상처 깊은 나무
눈 속에 묻혀

귀 틀어막고 있다

길

고래 등 넘어, 사자의 갈기 지나
예까지 왔다

몰려오는 저 먹구름은
무슨 난해한 사유인가

돌아가기엔 너무 멀다

길은 참 많았지만
길은, 없었다

오솔길 지나 숲속으로 들어선다
하늘 향하는 저 무수한, 길

만나는 곳마다 바라보는 것마다
길 아닌 것이 없다
행간이 빼곡하고 문장이 넘쳐
노래가 된다

길을 버리면 길이 보인다

길은, 대답이 아니라
끝없는 질문이다

어떤 웃음

지축을 뒤흔들어 놓곤
밸도 없이 바닥에 누워 있다

평생 무위도식 미안함이
환하게 피었을까

먹고 잔 기억 외엔 없다
담장을 넘은 적도 있었지만
떠올리고 싶지 않다

속을 다 뒤집어야 끝장나는 세상
하늘 향해 대소해야 떠나는 이승이다

한때 팔깨나 휘둘렀을 사내
녹슨 둔한 몸짓 허공 몇 번 휘젓더니
이내 날렵한 손놀림

하나하나 이름표를 달아준다

소란도 소실점처럼 아스라해지고
바닥엔 환한 미소 흐른다

최초의 웃음이다
마지막 꽃 한 송이다

면벽 수행

시한부 삶을 산다는 것

일생을 절벽에서 가부좌 틀고
면벽수행 한다

여린 몸 무너져 내릴 듯 빼곡한 고행의 무게
짊어지고
묵언수행 한다

지난 한 해 파노라마처럼 스친다

열 두 번의 절지를 하고
스물네 번의 순례를 돌고
험난했던 고행, 노독을 푼다

문밖엔 눈이 쌓인다

모두 내려놓으니 사르르
무거웠던 눈 감긴다

소멸燒滅 없는 다비식이
박스 안에서 거룩하게 치러진다

착 각

당장이라도 거친 산맥 넘으려는 듯

까치 한 마리 반갑게 내려왔다
다시, 치솟는다

간두 위 조마조마하다
단심 하늘만 바라보다 눈이 멀었지
본향이 어디인지 알고 있을까

날개 잃은 망각의 새

날고 싶겠지
천공을 가르며 솟아오르고 싶겠지
눈물이 나도 흐르지 못한다
차라리 두 눈에 풍등을 달아주오

침묵으로 기다린 세월

또, 바람 불어 온다
허공 높이 날갯짓을 한다

아직도, 자신이 새인 줄 안다

분 신

또, 누구 하나 죽어 나가나 보다

저, 섬뜩한 화염

모두 불태워 버려야 다시 태어날 수 있다는 듯
다시는 태어나지 않겠다는 듯
남루한 이력을 고난의 서사를
태우고 있다

쉬이 수습하지 못하는
만장이 출렁거리는

저, 최후의 산화

매캐한 바람 불어온다
누릿한 살 냄새 묻어온다
꺼진 불속에서 부리 닦으며
까마귀 몇 마리 날아오른다

오늘, 하루가
엄숙하게 수습되고 있다

오월이 오면

밤이슬 묻은 부엉이 날갯짓
요란하게 새벽 흔들고
바위 위에 남은 한 줌 온기
소복하다

계절풍처럼 밀려오는 거대한
슬픔의 물결
방죽 가득한 노란 윤슬

이, 통곡을 예지했을까

의사는 심각한 표정인데
생각 없는 철부지 환자처럼
썰물 빠져나간 마을 어귀
비스듬히 걸쳐 쓴 밀짚모자

억장이 무너지는데,
환하게 웃고 있는

말없이 수갑 찬 채
노을 속으로 들어간다
노란 꾀꼬리 한 무리

수를 놓으며 날아오르고

전 지

교본대로 정원사의 가르침대로
수형을 만들어야 하는데

애당초 재목감은 아니었어

잠시의 잡념도
툭 불거진 뿔, 축져진 엉덩이도
가차 없이 잘라낸다

줄, 긋고

일정한 키와 똑같은 꿈을 만든다

온종일 아버지는 금강송 바라보며
금강경을 독송하시고

관상수는
옹이가 붙을수록
사상이 불온할수록 값을 친다는데
온 몸이 옹이 투성이
잘라낼수록 가슴에 옹이가 돋는다

일탈을 일상이라고 적던 일기장

눈 내리고
또, 새가 울고

석양 바라보며 점점 잎이 조락해 가는
나의 수형을 정체성을
자문자답해 보는 것이다

오월의 섬

홀로 갇힌 섬
장미넝쿨 각혈을 하네
초록의 계절 위에 시뻘건 피를 뿌리네
뒤덮은 먹구름 태양을 삼키고
흑야가 되네
피의 사냥꾼 피해 숨은
절명의 시간
늙은 어미는 실신했네
빨간 장미 속 엔
방아쇠가 숨어 있었네
그러나, 섬을 탈출하는 사람은 없네

피의 노래

오월을 딛고

오월의 음계 타고 날아오르네

저벅저벅 군화소리 발자국 따라

멀어지고

마침내 검은 구름 걷히네

육중한 문이 열리고

비틀거리며

섬이 육지 밖으로 걸어 나오네

피범벅 된 상처투성이

너무 긴 악몽이었네

파르티잔

순백의 세상 만들겠다는 결의
전진 할 때마다 허벅지까지 차오르던
가슴 벅차오르던 혁명의 꿈
처음, 생각하면 지금도
핏줄이 불끈하고 모발이 쭈뼛해 온다
뿔뿔이 흩어져 잠복해 있지만
눈빛은 결연하다
첨병 지나가며 전해 주는 남쪽소식
여기저기 들려오는 비보
낮에 흐트러지던 전의를 밤이면 다시
다져보지만 곧, 소멸될 것을 안다
입성 하는 듯하던 혁명의 꿈
음지에 숨어들어 낡은 외투 하나 걸친 채
힘없는 기침소리
이젠, 정신이 혼미해 지고
몸이 사르르 녹는다
한 시절을 풍미했다고
우리의 꿈꾸던 제국 이었다고
기록해 다오
햇살 내리쬐면 유리조각 같은 눈매
아직, 적진을 노려본다

유랑의 닻을 내리고

사선을 넘던 기억은 없다
장기 인도계약이 끝나고 마지막 의식
장중하게 치러진다
성한 데 없는 몸
온 몸 찍어 누르는 고통도 잠시
서로 살 맞대니 따스한 온기 전해 온다
얼마만의 평온함인가
처음 느껴보는 살가운 정이다
조용히 눈 감으면
철없던 젊음이,
생면부지의 가슴에 파랗게 붓칠한 기억이
스치어 간다
미운 감정도 구름처럼 흩어진다
저기 단호하게 자기 일 하고 있는
골리앗의 감정도 생각해 본다
하얗게 별이 깨어 날 때면
소박한 꿈 꾼다
이골이 난 역마살
이제, 유랑의 닻 내리고 어디든
정착 하고 싶다

철기 시대

극한의 고통, 고통의 임계점을 넘어야
이름이 되고 생명이 되나 보다

귀기가 흐르는
모든 것을 집어 삼킬 듯한, 저
절망의 계곡에서
탄생의 신비라니

다시 얻은 이름들 앞에
경이로울 뿐

나도, 저 불의 계곡을 넘으면
새 이름을 얻을 수 있을까

시대를 초월한 듯
철기시대가 공존하고 있는 듯
검고 깊은 주름,
연륜을 말해 주고 있다

불의 계곡은 사방이 고요하고
새 생명이 잉태할 때마다
망치질 소리만 계곡을 집어 삼킨다

텁수룩한 사내 하나
철기시대 사람처럼 허리 웅크리고
무언가 열중하고 있는

미완의 언어

심중에 묻어 둔

영원히 언어가 되지 못하고
가끔은 독백으로 흘러 나와
신음이 되는

눌변의 그늘에서 지독한 실어증을 앓았다

머릿속 수없이 되뇌이던 말

그리움의 성 불야성을 이루고
백야의 광장 질주하던

이젠, 아득히 사라진

용융점을 넘어버린
소실점이 된 최초의 발화지점에
망각의 강이 흐른다

사그라진 불씨에
풀무질을 하고 싶다
연금술사가 되고 싶다

완성하고 싶은
지상의 한, 언어를 위해

결치

깊게 굽은 등 치켜세우고
한동안 말없이 바라보더니
오른 턱을 감싸 쥔다
치통은 건드릴수록 통증이 심해지는데
길 양이, 들쥐 구석구석 들쑤신다

곱게 빛나던 잇색
가지런한 치열

경로 알 수 없는 풍치를 앓는다
전염병이라도 돌 듯 드문드문 빠져 나간다
온 가족 오순도순 둘러앉던 저녁상
문틈으로 새 나오던 웃음소리

연기처럼 사라지고
소리 없는 신음 어둑살 다가오듯
무겁게 갈앉는다

어쩌다 잇발 치료하는 소리 들리거나
의치라도 하는 날 이면
잇몸 마취한 듯 통증이 사라지고
동살처럼 온 동네가 환해진다

바깥바람 한 번 쐬본 적 없는
토종 할머니

모래알도 씹어 삼키던 시절 떠올리며
무너져 내린 돌담에서
애써 눈을 돌린다
잇몸은 점점 내려앉고 혀끝으로
잇새 더듬더듬

다시, 치통이 몰려오는 듯

바 람

날개 공중에 머물러있다

멀리 날아가지 못하고
구름의 표정 읽고 있다
바람의 손끝 만지고 있다
아득한 절벽 내려다보며
깊은 상념에 잠겨 잠시

날개 움찔한다

하루치 양식 위해 허공에 담보할 수 없는
목숨 매단 날갯짓
좌에서 우로 우에서 좌로
우아하게 저으면
땀방울인지 눈물방울인지 모를 분비물
바닥에 흥건히 고인다

타인의 마음을 깨끗이 닦아주면
내 속이 후련해질까
먼지는 물로 지울 수 있지만 가슴 속 깊은 화인

어떻게 지울까

극도의 공포 느끼며
현실을 도피하고 있는지 모른다
까마득한 허공에 공중부양 하며
얼룩 닦으며

이 세상, 지우고 있다

현기증이 몰려오는 듯
잠시 날 숨 길게 내뿜는다
이제 바람은 단, 하나
만종이 울려 퍼지면

날개, 고이 접을 수 있기를

2부

작은 거인

공습 경보

공습경보가 울린다
공중엔 잠자리비행기 저공비행 하고
어느 방향에선가 들려오는 요란한 총성
방공호로 피신한다
밖은 평온해 보인다
종이비행기 날아오르고 한켠에선 사내아이들
무심한 병정놀이
나만의 주파수 대역인가
편두통이 도지고 진폭 확장된다
우군 하나 없는 독전을 치른다
동구 어느 나라에선 전쟁으로 수백 명씩 죽어간다는데
TV엔 해골 같은 여자가 핵전쟁을 위협하고
대 공격이 임박한 것 같은 전운이 감돈다
공습경보가 다시 울린다
멀리 야전병원이 보이고
도로를 질주하는 후송차량 다급한
비명소리
귀뚜라미 한 마리 또 귓속으로 기어든다
수심愁心이
방공호 목까지 차오른다

김 장

격통을 견디면서
여린 몸으로 저 독한 것을
말없이 품고 있구나
반가사유에 들었구나

이승에서도 모든 업보 끌어안고
숙명으로 여기더니
저승길도 가슴 한 번 활짝
펴 보지 못하는구나
면벽하고 아픈 문장 쓰고 있구나

동토에 혈거 하며
삼동을 삭이고 있구나
삭신이 무너져 내리는구나

종당에는 찌개가 되는구나
국물이 되고 마는구나

아니,
웅숭깊은 문장이 되는구나

절명시

환상의 궁전 인 줄 알았네
꿈의 파도 인 줄 알았네

자세히 보니

악의 굴레였네
절명의 파도였네

누가 숙주인지 기생인지
원 관념 보조 관념이 난해하게 뒤엉킨

저, 은유

지난밤 된서리 내리고 보았네
지구의 저주를 다 퍼붓고 싶었네
햇살 끌어당기며
추위를 말리고 있네
이제 온기가 도네
배시시 웃는 모습, 아직 난해한 문장,

해독 하지 못하고 있네

허옇게 눈 뒤집고 있는 저 악의 손
아직 미련 남아 더듬거리고 있네
지나던 바람 발길질을 하고 달아나네
배가 불러 오는 것 도 모르고 있는
미욱한 새댁처럼
얼굴에 병색 완연하네

늦가을 절명시 한, 편

판대역

우람차게 허공 가를 때면
접시꽃 깨질 듯 비명 지르고
피라미 은빛 교태부린다
유랑의 피가 흐르는
저 역마살 어떻게 잠재웠을까
항하사만큼 수많은 사연
어디에 묻어 두었을까

심장 멎은 지 오래

수족 떨어져 나간 이름표 옛 영화를
대답해 준다
내력 알 리 없는 망촛대만 고개 갸웃둥
저 수풀 속 애틋한 사연 하나
찾을 수 있을까
벽 위 희미한 행선지 아직 꼬물거리고
길게 뻗은 다리 햇살이 건드리면
벌건 근육 꿈틀한다

원주시 지정면 판대리

마중 나온 사람 배웅 하던 사람
모두 어디 있을까
지금도 사랑하고 있을까
숫기 없는 돼지감자 몰래 숨어
가슴만 부풀리고 있는데

묵언의 의미
침묵해야 하는 이유를

천년의 잠으로 말하고 있는 듯

순환선

그 시간, 그 장소, 그 사람

등 떠밀려 살아온 삶
허공 깨는 기적소리 한 번 울려본 적 없는
가다 서다 반복하던
스쳐 지나기만 하던

과속 딱지를 붙이고 싶다
고장 난 브레이크로 광야 질주한다
이방인이 되어
낯선 곳 에서 길을 묻는다

선을 벗어나면 안 된다는 강박관념
무릎의 이마로 허공 들이 받는다
혁명은 모험의 서사라는 문장을
질끈 동여맨다

출구 찾지 못하는
익숙한 종소리에 돌아오는
양떼들

혁명의 피를 수혈 받아
혁명가의 모자를 쓰고, 수염을 달고,
대륙을 정복하는 꿈꾼다

구심력을 원심력이라고 슬쩍 고친다

수몰지구

엉덩이에 짓눌린 유폐의 시간
끝내 눈 감지 못한 촉루
서슬 푸른 인광에,
물비늘 박차고 올라온 시취
수면위에 하얀 천을 덮어 놓는다
"낚시꾼이 되어 저 물 속 낚고 싶습니다"
그리움이 들키는 순간
그리움은 흩어진다
날아든 나뭇잎,
물의 심장으로 달려들지만
쓸쓸한 뒷모습
물과 단풍과 그리고 관광객 의
연대, 연대 밖의 연대
천 길 수심보다 아프다
물의 뿔 부수려
돌멩이 하나 집어 보지만
"공연한 짓입니다"
물가에 앉아 물의 등을 꼬집는다
지나는 사람들

그저 족적 하나 내려놓고
"좋은 추억이었다"라고
가볍게 쓰겠지
물속 깊은 곳에 수중펌프를 넣는다
내가 펌프가 되듯
펌프가 내가 되듯

끽다거

절을 올리고 있다

절의 진수를 보여 주 듯

무슨 바윗덩일 지고 있을까

교양이 엎질러 진줄 모르고
규방이 열린 것 도

아랑곳없이

끈질기게 매달리는
저 여인

어깨 위 격류가 흐른다

세상에서 제일 무거운 짐
지고 있던 나

슬며시 내려놓는다

가타부타 말씀도 없이
절 밖에만 눈 길 주시는

저 분

화 원

대형 마트 한켠 갓 오픈 한 화원
개업발로 분주하다

빨갛게 만개 한 꽃

왠지 가슴 저며 드는
전생이 낯설지 않은

장미의 전생은 목을 조여 오는
가시넝쿨 이었을까

구정물이 흐르는 먹이 쫓아
고함지르며 달려들 것 같은
환영을 묻고

무덤위에 오롯이 핀

핍진한 생의 무늬
빼곡히 박혀있다
지상에서 가장 거룩한

꽃!

검정 고무신

배가 정박해 있다

긴 항로 마친 듯
선수가 많이 훼손됐다
삶의 파고 덮칠 때마다 맨몸으로
맞선 이력
어록처럼 적혀있다

척박한 땅 항해하며 한 때
대양을 가르는 꿈
꾼 적 있지만
하얀 배를 접어
물 위에 띄운다
곁을 떠나
군함이나 원양어선이 되길 고대하며
파도를 공경하는 법
전수 하고 있다

발로 쓴 항해일지를
읽어 주고 있다

오늘을 귀항하는 배
끼룩끼룩 선회하던 갈매기
돌연 비상을 한다
파도가 한 번 출렁한다

지평선이 팽팽하다

납량 특집

겹겹 검은 장막이 처진다

서서히 오선지 위
악보가 그려지고

스산한 음계 정적 타고
난무 하는

한 여름 밤

무더위의 목을 베는
암흑속 괴이한 선율

관중 하나 없는
환호성도 없는

텅 빈 무대 위에서

영혼을 사르는 무성의 질주

칠흑의 바다를 가른다

마지막 무대인 듯

혼 불인 듯

맨드라미

원주만 맴돌고 있는

중심이 되지 못하고 평생 변방만
겉도는 이력

밭머리에 담장 밖에, 쌓인
울분 토한다
검붉은 사연 뭉텅뭉텅 고여 있다

이것은, 꽃이 아니다
분노의 뼐이다

개복하면 까만 재만 소복할 것

바람의 송곳니도 피해 가는
천덕꾸러기
한때, 꿈은 저 높은 담장을 넘는 것
저 너머 세계가 궁금했지만

부질없는 짓

사상이 너무 선명해서 불온한 혁명가로
오해받은 적도 있지만
오명으로 남고 싶진 않다

밭두렁 길

길이 구불구불하다
피안도 순탄치만은 않을 것 같은

풍장, 될 날 만 기다리는

유월의 서체

담장 위 길게 써 놓은
초서

아직 해독하지 못한 저 난해한 문구
함부로 다가서지 못한다
유혹인지 애원인지
내용 알 길 없는 장문의 서
깊은 심중을 풍문으로 흘렸을까
저, 섬뜩한 혈서는 최후의 절규일까

결렬한 붓놀림

나의 서체만 고집했던,
독선
이젠, 풍문도 필적도 싸늘히 식어
퇴색된 원고지 위에
뾰족한 설형문자만
남아 있는

유월의 서체

반 지

한때는 그토록 소원했던

상냥해 보이지만
장미의 방식을 즐기고 있다

점점 조여 오는 구심력
습관이 돼버린 맹서

산맥이 가로 놓여
빈 메아리만 돌아온다

환승역을 지나칠 때면
마냥 동경하기만 하는 정해진 궤도를
절대 이탈할 수 없는

은유속의 직유

뾰족한 모서리가 되려 했지만
어느새 동심원을 그리고 있다

좌 불

미동도 없이 참선중인 좌불
온 종일 암굴에서
수도정진 한다
이따금 세상에 버려진 것들
가부좌 틀고
묵묵히 받아들인다
개과천선해서
강으로, 바다로
더, 넓은 세상으로 나가라고
가끔은
과거를 회상하고 있을까
전생 떠올려 볼까
가늠할 수 없는
바닷속처럼 깊기만 한
불심
어쩌다 성체 깨끗이 닦아주면
하얗게
미소 짓고 있는
평온해 보이는 저 분

허공의 습관

경계인 듯, 관통인 듯
수직과 수평이 공생하는 곳

허공을 수평으로 재단하는
큰 손이 있다

허리 꼿꼿이 세우면
팔뚝에 정맥 불끈 솟는다

허공이 팽팽해진다

힘들고 어지러운 세상
잠시 숨고르고 쉬어 가라고
지치고 눅진한 몸
추스르고 일어서라고

바람이 속내 읽고 지나간다

허공의 습관인 듯, 그렇게
침묵의 표정이 길게 흐르고

괴팍한 화가

괴팍하기로 소문난 화가

그림을 그리는 것이 아니라 지우고 있다
이른 새벽 벌어지는 기행
본인은 그린다고 주장한다

어느 날은 한가히 강기슭 거닐며
그림 구상에 골몰하는 모습이 포착되기도 한다

세상을 모두 지우려는 듯
아예 지구를 없애버리려는 듯
붓 닿는 곳마다 하얗게 채색되고 있다
괴이한 그림 때문에 아우성인데
불후의 명작은 진통 끝에 탄생한단다

자세히 관찰하면
점묘화를 그리고 있는 듯

캔버스 가득 무색의 산수화

지상을 몰아내려는 듯
거침없이 휘두르던 붓을
갑자기 내려놓는다
이유 모른 채 사경 헤매다 말갛게
솟아나는 풍경화 한 점

포동포동한 강물이 흘러간다

작은 거인

두 치가 채 안 되는 심장

우주를 경영하고 삼라만상을 거느리고

빼곡한 일정표 자로 잰 듯한 보폭
완벽주의자다
어떤 타협도 거부하는
전진만 고수하는

자신은 역사를 쓰고 있다고 자부한다

샤머니스트를 자처하는 녀석은
둥둥 북을 울리고

언젠가 우주가 멈춘 적 있다

나는, 중심을 잃고
길은, 방향을 잃고

길은 지향점이 있는 곳에 존재한다

가벼운 입맞춤으로 아침을 재촉하고
늦은 시간이면 준엄한 눈빛
자애로운 때론, 대쪽 같던 어머니처럼

항상 든든한 구심력
적당한 거리의 원심력
온 세상의 중심에 서 있는

절벽위 가부좌 튼 작은 거인

비틀거릴 때면 죽비소리 들려오는

잔인한 사월

사월은 잔인한 달

불길한 예감 일수록 적중률이
높은 것일까

남쪽에는 꽃이 만개했다는데
나비떼 줄지어 날아든다는데
날개가 젖어 끝내 날아오르지 못한다

수평선을 잃어버린 흐린 날처럼
바라볼수록 한없이 밀려드는
왜소함
살아있음이 죄스러운 이
자괴감

온종일 꾹 다문 입술 위
침묵이 흐른다

왜, 붉게 피어오른 장미를
백국이라 써야 되는지
높이, 솟아오르는 파랑새를 노랑나비로
박제해야 하는지

종소리에 길들여진 순한 양
물의 심장에 갇힌 줄 모르고

얼마나 무서웠을까

울어야 할, 소리라도 질러야 할
얼굴이 환히 웃고 있다

못다핀 꽃 한 송이
착한 세상, 고통 없는 세상을
기도 하고 있다

진군가

진군가 울려 퍼진다
도처에 펑펑 폭발소리 비명소리
온통 아비규환

백주에 백색테러라니

기억에서 잊을 만 한 거리에
와 있으면
다시 들려오는 구둣발 소리

지구 저 편에서는
폭탄을 선물처럼 주고받아
도시가 폐허가 되었다는데

진군소리 북소리 둥둥

백색 화염 자욱하다

허공이 너무 분분해서 어디선가
폭탄이, 미사일이
날아들지 모른다

바닥엔 잔해 수북하다
포연 걷히고
북소리 바람 따라 멀어져 간다

먼, 하늘 어디엔가
또, 전운이 감돌고

부 활

옷 깃 올려 세우고 세상 활보하던
자존심 하나로 살아온 날 들

생애 가장 처절한 시간이었다

서로 물고, 물리는 악다구니
두 번 다시 경험하고 싶지 않은

혼미한 정신
만신창이 된 몸

생명줄 하나 의지 한 채
지날 날 반추해 본다

어디서부터 잘못된 것인지

그래도 어깨 포근하게 기댈 수 있어
점차 따스해 옴을 느낀다

배시시 웃고 있는
뽀송뽀송한 얼굴

가장, 높은 곳 에 매달리어
가장, 낮은 자세가 된다

재기의 날 기다리며

3부
비상의 꿈

후 조

철새 도래지가
늦가을 지번 찾지 못해 이리저리 바람에
몰려다니는 도로위 미아처럼 어수선하다

이맘때면

습관처럼 둥지를 버리고 떠나는 낯익은 새와
새 둥지 찾아 기웃거리는 낯선 새가 뒤엉킨
진귀한 새 시장이 개장된다
화려한 명함, 빼곡한 이력 부리에 물고
문전 기웃거리는 모습
식상하고 눈살 지프려 지지만

오히려 득의의 미소를 짓는다

도래지는 오물로 가득하고
깃에 오물이 묻어 심한 악취를 풍겨도
욕망의 늪에 깊이 빠진 눈엔
보이지 않는 듯

어렵사리 새로운 둥지 찾아든 새 한 마리
그동안 머물던 둥지와 식솔들을
부리가 닳도록 쪼아대고 있다

쓸쓸하기만 한 도래지 풍경

둥지가 될지, 험지가 될지
모두, 심한 계절통을 앓는다

굴뚝의 노래

툇마루위 방석만한 햇살에
젖은 기억의 뜰 말리고 계신 어머니
보송보송해 진다

향방 예측할 수 없는 파편조각
가슴으로 막아내고
그, 독한 연기 시커멓게 토해내시던

딱, 한 번 본 어머니 모습

일진광풍 일고, 마른하늘에 뇌성벽력 치던

머리 풀어 헤치고 사흘을 누우셨다

잘 지내고 있다고
일자리도 새로 얻었다며
소식 끊긴 아들 서신이
얼마 후 당도했다
공중에 머물면 바람이 아니듯

바람이 된 자식들

너무, 어두워서 더욱 분명해지는 것이 있다

언제나
우뚝 솟았고 든든한 밖이었다
다, 연소 된 재였다

웅웅, 부엌 귀퉁이
기름보일러 힘차게 돌아간다
이젠, 어머니 성근 머리위에도

보이지 않는 아지랑이 솔솔 피어오른다

우울증

높고, 견고했으며
문을 모두 지워버렸다
조금 수정 하자 완벽한 집이 되었다

입구 찾지 못 한 계절 몇, 번
되돌아가곤 했다

갈수록 절벽에 뿔이 자랐다
뛰어 내리던 비명소리
뾰족한 뿔에 찔려 깊은 상처가 되었다
어둠 참지 못 한 불면
목구멍으로 알약 게워 놓는다

주파수 대역 찾아다니던, 소문
끈질기게 문틈 파고든다
더는 견디지 못 한 문
드디어, 빗장이 풀린다

한, 번 틈이 생기자 와르르 무너진다

파란 대문을 다시 그려 넣고
문, 활짝 열어 놓는다

또, 하나의 삶

모두 비워야 겸손해 지나 보다 항복을 하고 난 후에야
온순해 지나 보다 어느 곳에선가 두 눈 부라리며 기세등
등했을 자신의 모습에 취해 뽐내며 도도했을 것 같은 지
난날의 자만과 독선이 살 속 깊이 저며 든다 서로 놀란
심장 달래며 따스한 체온에 기대고 있다 얼음 조각 녹여
먹으며 독한 향 감내하며 생의 매운맛을 알아간다 햇살
뜨겁게 내리쬘 때마다 한 줌씩 뿌려지는 성수 뿌릴수
록 간이 배고 숙성이 된다 또 하나의 삶을 진정한 의미의
삶을 터득해 가는 과정이리라 점점 키를 늘리는 그림자
오늘도 선택받지 못한 하루가 붉은 다라이에 척척 쌓인
다 악다구니 소리도 잠잠해 지고 무수한 빈 발자국만 남
은 치열한 삶을 뒤집어쓴 소금보다 더 짠 곤곤함을 숙연
히 받아들인다 문득 다가오는 따스한 살결 누구의 가슴
인지는 궁금하지 않다

성주사지 석불

가슴으로 바라보는 세상이 있다
인자한 눈자위, 만면의 미소
그의 설법을 들은 사람은 없지만
모두 들었다

온 몸이, 눈이고, 귀고, 입인

말없이 먼 곳 응시 하고 있는

수많은 지문으로 잃어버린 얼굴
세월 때문 이라며 넘긴다
시각 청각으로 모든 것
평면적인 재단만 하는 세상
저 입체적인 굴곡의, 흔적의 의미는

인고의 세월 감내 하며

자신의 아픔 감추고
모두 품어 주는 가슴 속엔
어떤 무늬가 새겨져 있을까
하나를 해내면 열을 내세우는 세태,
침묵으로 일침 하는
일희일비의 가벼운 마음,
조용히 꾸짖고 있는

바위 같다고
눈물이 없다고

섣부른 예단 하지 마라

비 오는 밤이면, 밤새
온, 몸으로 운다

파란 수혈

문득,
보도 위 화려한 변신
위쪽을 바라보고야 느끼는 처절함
아직 현실을 인정하지 못하는 미욱함인가
꼬리만 남은 미련인가

영원은 눈 먼자의 헛된 꿈

바람 불고 비 온 뒤에야 깨닫는
충격으로 몸저눕는

사방 폭죽 터트리며 마음껏 젊음을, 아름다움을
발산하던 지난 날
거리마다 골목마다 감탄사로 채색되고
온통 아수라장이던, 무주공산이던

만신창이된 몸 끌어 앉고
길모퉁이에, 하수구에 애원하듯
일그러진 명함 내놓지만

아픈 자존심만큼 시간이 흐르고

새, 물결이 밀려온다

이름 모를 산새들 이 나무에서 저 나무로
파랑 물감을 옮겨 놓는다
긴급 수혈을 하고 있다

비상의 꿈

명확하게 규정하기 어려운
자세가 있지

눈을 감지 않고 잔다는 것을 어느 날 알았다

너는 비상을 설명했고
나는 유영에 대해 이야기했다

파도가 뭍으로 나오면
바람이 될 거라고 했지
물고기의 지느러미는 새의 날개를
닮았다고도 말했어

지느러미 흔들며 너는 새의 자세로
설명하지만
비상 꿈꾸는 너의 목소리
 아직 묘연하다

오늘도,
온몸으로 절규하고 있구나

동토의 제국

팽팽하던 줄다리기 끝나고 빗장 굳게 잠긴다 분주하던 검은 모의 창공 몰아낸다 지상에선 붉은 결의가 거꾸로 치솟는다 절정을 깨트리는 봉기 늘어선 가로수위엔 적빈 이 웅크리고 있고 길 잃은 미아들 여기저기 바닥의 주소 찾아 헤맨다 광기서린 계절의 횡포자 철새도 대지도 모 두 동사했다 점점 깊어져 가는 동굴 북녘 사자 허공의 갈 기 휘날릴 때면 등골 오싹해지는 소문 몇 점씩 물고와 귀 에 뿌린다 가난한 독백에 부처님만 예수님만 분주하시다 골목마다 인적 없는 아우성 점점 웃자라는 담장 국경에 는 녹슨 표지판 다리 반쯤 잃은 채 덩그마니 서 있고 어 둡고 긴 동토의 제국이 건설 중이다

구멍 난 양말

중심도 수성하기 벅차던 시절

남루 끼고 사는 변방의 슬픈 운명
어디서 튀어 나올지 모르는 복병이다
미처 돌아볼 겨를 없어

순위에서 밀려난 설움

사방 구멍 투성이였지

너무 해맑아서 슬퍼지는 역설이 있다
아파도 통각 느끼지 못하고
뚫어지게 바라만 보던, 그 눈빛

지금도 방긋하는 모습 볼 때가 있지만
슬프다는 생각은 들지 않는다

왜, 그렇게 아파보였을까

시대가, 관념과 실제의 괴리를 만드는 걸까

그땐, 눈물이 났지만
지금은 웃음이 터진다

웃음이 슬픔이 되고
슬픔이 아픔이 되던 시절

일그러진 초상화

끝없이 펼쳐진
어느 화가의 야문 붓질일까
화폭마다 군침이 돈다
기억 더듬으며 지나온 몇 번의
삶의 궤적
회심의 미소
일격 노리고 있다
붓끝은 점점 농익어 가고
소리 없는
창과, 방패의 대결
이젠, 눈빛만 봐도 다
알 수 있다는 듯
가을을 포식 하고 있다
어느덧, 화가 떠난 자리
채색도 점점 퇴색해 지고
저물어 가는 계절 끝자락
일그러진 초상화 한 폭
쓸쓸히 걸려 있다

그리움

바람에 접혀 가려진 당신의
답안지
읽을수록 난해 했던 문장
왼쪽으로만 기울던
실어증의 중독을 앓던
수줍은 창가에 목 내민 풍등을
보지 못했을까
외로움과 그리움을 혼동했던
지난날 의 어설픈 독해력
연못에 맹서를 하면 물결이 일어
이내 지워져 버렸지
그리움의 심지 마지막 까지
연소 되고
싸늘한 촛농의 낙루
회한의 심연에 커다란 돌멩이 하나
또, 갈앉는다
뾰족한 부리로 지난 못남을
마구 쪼아대고 싶은
이제는, 알 것 같은
그 눈빛, 그 행간

대어를 꿈꾸며

하루 종일 낚시터에 앉아 있다

멀리 바라보면
고기를 잡는 것 같기도 하고
세월을 낚고 있는 것 같기도 한
행색은 강태공인데
왠지 어설프다
물가 오가며 좋은 자리 물색해 보아도
물 좋은 곳은 보이지 않고

월척 잡는 비법 터득하려 전문서적을 탐독하고
저명한 강태공의 성공담을
듣기도 한다 그러나,
요원하기만 한
심하게 바람 부는 날엔
출렁이는 물결보다
마음 속 행간이 더 심란해와
비틀거리곤 한다

대형 수족관 가득 들어 있는 월척
선망의 눈으로 바라보며
대망의 꿈 꾸어 보지만
늘, 미늘에 목이 걸려
깊은 회의만 남는다

오늘도, 텅 빈 종이 위에

대어, 한 마리 그리고 있다

허공의 묘혈

또, 허공에 묘혈을 판다

검은 망토 걸치고 있는
유혹인지 만류인지 모호한 표정의 투명 속
두 눈 부릅뜬 저승사자

짊어진 줄 도 모르고
언젠가 지나쳤을 원죄의 길
해독할 수 없는 괴성 합창 하며
질주한다

저 너머는 미지의 세계
누가 저승의 벽을 세웠나
이젠 검은 새도 노쇠해서
비상 망각한 채
낡은 비닐만 괴기스럽게 펄럭인다

운명이라면
우회 하면 될 일을

스산한 허공의 묘혈 지나
원죄의 길은
계속 꼬리를 문다

동 행

오늘도 명확한 경계를 긋는다
가슴과 등 맞대고 있지만 서로
침묵 지키는 것이
오랜 관습이고 불문율
수인사 나눌 때마다
두터운 신뢰 느낀다
네가 몹시 아파 거동하지 못하고
힘없이 서 있던 날
눈앞이 캄캄했다
몹시 당황했다
때로는 무섭고 외로웠을 너
마음이 울적해 가끔 외출 할 때도
너의 마음 헤아리지 못했구나
이성과 감성의 균형 잘 조화시키는
냉철하고 다감한 성격
무한한 존경 보낸다
우리는 함께 열리고 함께 닫히는
공동 운명체
서로 운명이라 받아들이자
우리는 끝까지 동행해야 할

기 사

검은 무리들의 수상한 행적

급히, 창끝 세운다
이어지는 독순술
검은 입술을 읽는다

존재인 듯 부재인 듯, 찰나
전광석화의 눈빛

신이 내린 수문장

극지에 살다 보니 성격 날카롭지만
고독한 겁쟁이
천애절벽에서 생명줄 하나 의지한 채
사선 넘나든다

변방의 오랜 숙습으로
단력된 몸매, 매의 눈

또, 전운이 몰려온다

독사처럼 고개 바짝 세우고
구름의 심장 겨눈다

까마귀 몇 마리 허공 흔들다 가고

단기필마 외로이 성을 수호하는

중세의 기사

북엇국 끓이는 아침

밤새 거친 파도 가르며 사경 헤매며
심해 건너 닿은 이 곳에서
너를 만나는구나
온갖 수난 겪었을 너
태평양이지 대서양인지 아픈 주소는
묻지 않는다
우리의 이 아침은, 운명은
인연이냐 악연이냐
멍하니 있지 말고 무엇이든
말 좀 해 보거라
깊은 한숨이라도 쉬어라
먼 길 돌아온 너의 등뼈를 부수며
살을 바르는 이 마음
심해를 건너며 할퀸 위장보다
더 쓰리구나
굽이굽이 돌아온 한 생의 굴곡진 길 위에
보시한다 생각 하여라
인간 하나 구원한다 자위 하거라
깊은 암자 노스님 감사한 마음으로

밥알 하나 남기지 안 듯
아픈 너의 마음 꼭꼭 짚으며
마지막 국물 한 방울 까지
마저 넘긴다

흑백 사진

선택이 아닌 숙명이었다

두 개의 단어가 세상을 지배했다

까만 얼굴에 하얀 버짐 수를 놓고
무릎, 엉덩이에 사이좋게 어깨동무 하며
웃고 있는 남루
웃고 있어 더 슬퍼 보인다
개울은 허옇게 배를 드러내놓고
깡마른 뼈다귀만 뒹굴었다

들로 야산으로 이어지는 긴 꼬리

하지 돼지감자가 나와야
굶주린 식욕이 멈추고
가을 고구마에 그나마 바지 주머니가
불룩해졌다

산맥을 넘기엔 너무 거대했다

당장이라도 괭이 둘러메고 밖으로
쫓아 나올 것 같은 퀭한 시선을
애써 피한다
큰 죄라도 지은 듯

한 시대를 얼른 접는다

존재인 듯 부재인 듯
흑과 백이던 시절

야 객

어젯밤에도 담장을 넘었구나
문고리가 촉촉한 게 방문 앞 까지
다녀갔구나
지붕위 흰 자국을 보니 밤 하얗게 새우고
무거운 발 길 돌렸구나
널 기다리다 잠이 들었다
밤새 너를 찾아 넓은 들판 헤매었다
너의 옛 집 지나 골목길 지나 네가 가끔
깊은 사색에 잠겨 걷던 오솔길 끝
고목나무 뒤에 숨어 새벽 이슥토록 기다리다
찬 서리 맞으며 깨어났다
참 기구한 운명이구나
딴은, 이승에서도 힘들었던 만남
너를 만나는 일 오죽할까
수줍음 많던 너
다소곳 미소만 짓던 너
오늘 밤은 대낮처럼 휘황하구나
네가 아니란 걸 안다
방문 굳게 걸어 잠그고
일찌감치 숙면에 든다

뿔

걸핏하면 허공 들이 받았지
그럴 때면 가슴에 커다란 구멍이 뚫렸어
대로 보다 골목길에 익숙했던
태양을 피해 다니던
무위의 세월 견디다,
외피 뚫고 나가
단단한 뿔이 되었지
각을 세우고 연마하는데
하루를 소진했어, 그것이
존재이유 이고, 유일한 삶의 출구인 것처럼
사각을 그려도, 원을 그려도
언제나 끝이 뾰족했지
소문만 무성하고
머릿속엔 부화 기다리는 뿔의 알이
가득했어
심연 가득 고여 있는 것 들
이름이 되고, 본능이 되었지
지금도
잠꼬대 하듯, 불끈
솟아오를 때가 있어

난기류

바람이 숨긴 발톱 내미는 순간
속수무책 분절되는 모음
흐트러지는 행간

비상 할 때마다 중력이 발을 건다
전혀 예측치 못한 이상기류
어디서부터 질곡의 늪으로 추락한 것인가

조용히 비행운 되짚어 본다

자욱하게 기수 기미 가리는 시야
차안 피안의 경계가 이럴까
동체가 출렁일 때마다 요동치는 먹구름
뒤죽박죽 혼돈의 문장

이, 카오스를 어떻게 정돈할까

구름의 질긴 껍질 벗겨내고
바람의 커다란 죽지 잘라야 한다
유성 유의 문체를 필사할 수는 없다

혼돈의 시간이 지나고

이젠, 거센 바람 몰려와도
행간이 흐트러지지 않는다
한바탕 회오리바람 文前에서
서쪽으로 기수를 돌린다

4부

기도

누구세요

　한 여름의 배를 갈라요 속으로 들어가 심장을 찌르죠
태양이 떨어져 산산조각이 나요 무지개를 그리며 환호성
을 질러요 어릴 때부터 춤을 배웠어요 부르스 탱고 질 후
박에 건전한 스포츠댄스 까지 한 춤 합니다 장난기가 발
동하네요 아이들을 쫓아다녀요 옷을 흠뻑 적셔줘요 파
랗게 웃고 있네요 가끔 우리 가계가 궁금해요 고향이 어
디쯤인지 어렴풋 짐작이 가지만 조상은 잘 모르겠어요
초면에 서로 얼싸안는 걸 보면 한 핏줄은 맞아요 우린 집
시의 피가 분명해요 또 유랑을 떠날거에요 어디가 끝인
줄은 몰라요 "세상은 넓고 할 일은 많다"자나요 그래서
더욱 신바람이 나나 봐요 할머니가 어차피 우주는 윤회
한다고 했어요 이젠 좀 성숙한 느낌이 들어요 대처로 나
가 뭔가 큰일을 할 것도 같고요 이젠 세상의 한 가운데로
들어가야 겠지요 참 운이 좋았어요 화살을 그러모은 태
양이 우리의 남은 오후를 쏘아 대고 있네요 흠뻑 맞아도
아프지 않아요 물비늘 향이나요 이쯤 되면 우리의 정체
가 탄로났겠지요

천 형

뜨겁게 살려 했다
이 한 몸 사르며 겨울을 덥히려 했다
이 무슨 시지프스의 형벌인가
없어지면 다시 돋아나는
끝없는 천형의 뿔

불면의 밤이 길어지면
고통은 점점 단단해진다
정열을 쏟아 부울 수록
아픔의 키가 자란다.
아득한 천 길 벼랑 끝
가끔 뭇새들 날아와 아픈 가슴
무심히 쪼아 대고 어디론가
흩어질 뿐

오늘은
새로운 태양이 감미롭게 위무해 주네
사르르 설움이 녹아내린다
이제는 떠나야 할 때
움켜쥔 미완의 꿈을
허공에 풀어 놓는다

독야청청

초겨울

언덕배기, 위

밤새 지부 상소라도 올린 듯
봉두난발에 초췌한 입성
핏발선 두 눈 서슬이 퍼렇다

세상에 순응하고 이름 하나씩
얻었는데
모두 뿌리치고 저렇게 독기 품고 있을까
세상 물정 모르고 고집만 부릴까

이제, 더욱 혹독한 시련
닥칠 텐데
삼동을 어이할까

눈, 한 번 감으면 길이 있는데
꼬리, 한 번 내리면
그럴듯한 이름 하나 얻는데

독야청청하고 있을까

몽 돌

쪽진 머리 단아한
한때, 댓 잎 소리 배 나오곤 했다

온갖 풍상 끌어안고 휘어진 세월 굽이굽이
돌아온
겉으론 고웁지만 들어가 보면
풍진 내력 비애의 서사가
빼곡히 쓰여 있다

입과 귀를 잃고
모두 다 잃고, 민 둥이 되어

길목에서

아쉬운 듯, 달아나는 햇살 붙잡고 있는
에둘러, 지나온 기억의 발자국
지워내고 있는

슬퍼서 고운 이름이 있다

잊혀진 이름

지나던 아이 꾹 다문 입에
휴지를 밀어 넣는다
발 길 드문 인도 끝
잡초에 둘러싸여 지난 날 무용담이라도
들려주는 걸까
아직 미련 남아 온갖 수모 견디며 재기의 날
기다리는 걸까
문전성시 이어지던 시절의
영화 떠올리며 세상에서 잊혀져 가는 멸문지가
자만과 독선, 시류에 영합하지 못하는 아집,
원망도 해본다
털갈이 하는 유기 견처럼 비 맞고 있다
비둘기 몇 마리 내려왔다
머리 위 똥을 싸고 날아간다
명성도 과거도 모두 잃어버린,
돌아오지 않는 영웅

비상 포기한, 날개 잃은 제비 한 마리
절망을 앓고

어둠의 포식자

욕망으로 가득 찬 혀 휘두르며

어둠을 잡아먹는다

흑야를 갉아먹는다

은빛 여우 우는 겨울밤이면

미혹의 꼬리 더욱 흔들렸다

때론, 사각사각 갉아먹는 소리 문틈으로

흘러나오곤 했다

긴긴 밤이면 문풍지와 연통이 닿아

요염한 자태 더욱 치명적인,

밤의 화신

어둠은 서서히 차오르다,

순식간 깊어진다

욕심껏 폭식하고 토해 내며

왜, 눈물 흘리고 있을까

아침이면 뜨거웠던 혀

싸늘하게 식어

부르튼 화상만 남아 있는

욕망의 늪에 빠진

어둠의 포식자

얼 룩

유리 속 자리 틀고 있는
내력 알 수 없는 시기 미상의 얼룩
바라볼 때마다 거슬린다

그 날, 무심히 지나쳤던 목소리
평생 이명이 되었다

지상의 명령이었을까
마지막 통보였을까

서로 마주 할 때면 자장 뻗는 자석처럼
강한 인력 느꼈지만 돌아서면
이내, 잊어버렸다

유리처럼,

투명하고 깨지기 쉬운 시절
내 심장에 박혀 음각화 된,
화인 같은 한 마디

애써, 지우려 했지만……

이젠, 떠올릴 때마다
존재이유가 된다

마음의 유리 속 까맣게 굳어버린
마지막 음성

이젠, 화석이 된 애증의 증표

상습 폭설지역

그 골목엔 사계절 눈이 내린다 발자국 쌓이고 네온 고
개 들면 검은 구름 끼기 시작한다 상습 폭설지역이라 아
는 사람은 피해가는 살얼음 구간 골목이 불콰해지고 바
닥 비틀거리면 시야 덮는 폭설이 내린다 먹장구름 부딪
는 소리 앙칼지게 들리고 술잔이 눈송이 타고 냄비가 길
구경나서고 제설장비 장착된 백차가 다녀가고야 겨우 멈
추는 폭설 기상대도 예측할 수 없는 난기류 이지만 덤덤
히 지나는 익숙한 발자국들 눈이 내리지 않는 날이면 유
리창 너머 날씨가 궁금해 얼룩진 창 기웃거린다 지독한
폭설이 내리는 날엔 눈 흠뻑 뒤집어 쓴 꾀죄죄한 사내 도
망치듯 골목 빠져 나간다

종이학

날개가 돋던 날 기억할까

언젠간 훨훨 날을 수 있을 거란
주술을 외우던
여린 손 의 기적을 믿었던

천 번을 울어야 적중하는 예언

유리병 속 시선 잃은 전설의 새
밤이면 사각사각 꿈 갉아 먹는 소리,
이명으로 들린다
굳어버린 날개, 닫아버린 언어
무너진 성벽처럼 쌓여있다

아스라이 사라지는 꿈

무너져 내린 전설

울음 잃어버린, 비상 잃어버린
천년의 잠에 빠진 망각의 새

부 활

또, 하나의 이름

또, 하나의 길

온 몸이 괴사되어 간다

썩어야
달콤한 향기를 발산하는
역설

두 번 죽어야
그 이름을 얻는 기구한
운명

늦가을 추녀 밑 사의 이름이 쓰여진다
죽은 가지 끝에 죽은 이름들이
줄줄이 호명된다

고왔던 살이 굳어지고
하얗게 가루가 되고

완전히 죽어야
완전하게 태어나는

또, 하나의 이름

부활이란 이름이 쓰여지고 있다

동안거

심중 가득 자라던 욕망의 숲
삭둑삭둑 베어내고 평온하게 누려보는
행복한 시간

참새들 깨알 같은 사연
까치가 전해주는 윗마을 소식
안색 어두운 까마귀 한 마리
조심스런 근황

오늘은 종일 산수화 삼매경

마음씨 좋은 민둥산
흑심 거둔 하얀 구름을
서툰 솜씨지만
잔잔하게 고여 있는
작은 화폭에 담는다
이따금 장난꾸러기 왜바람
그림을 지워버리고, 다시 그리고

끝없는 물욕 어깨 짓누르던 지난시간

모두 비우니

여백의 충만함을 깨닫는다

방하착放下着

단정하게

좌정하고 동안거에 든다

수난의 가족사

출생의 비밀을 궁금해 한
적은 없다
방랑의 후예라 자처하기엔 너무
초라 한 삶
도처에 생명의 위협 도사리고 있지만
별로, 개의치 않는다
우리 가족사는 수난의 긴 그림자
밟힐 수 록 강해진다
한때, 존재이유 에 대해
비의를 느낀 적 도 있지만
모든 것의 배경이라 자위한다
바람 부는 날 들판에 서면
가슴을 베는 슬픈 연대기의 비가
들려온다
하지만, 금세 딛고 일어선다
어느 곳 이던 우리의 터전
지구 구석구석 퍼져 있는
흙의 뿌리이다

바 위

어떤 기억은 오래도록 절룩인다
필적 없는 문장 꺼내 읽는다
가슴 속 빼곡히 적힌 서사
몸 여기저기 무성의 전언 들린다
애초 무색인 줄 알았던 저 탈색
색깔만큼 가슴 먹먹해진다
울컥 토하면 검붉은 피 쏟아질 것 같은
한 번 닻을 내리면 거대한 항공모함
병풍인 듯 배경인 듯
등 기대고 싶은
갖은 풍상 겪으며
눈, 코, 귀가 다 닳아 없어진
이젠 석불이 된
생년 알 길 없지만
연륜이라 부르리, 역사라고 부르리
눈 없이 다정한 눈빛
입 없이 나직하게 들려주는 잠언
난해해 보이지만
가독성 있는 저, 불립문자

기 도

한 발, 한 발 내딛는다
처음 만난 사이인데
전생의 연이라도 있는 듯
전혀 낯설지 않다
우리는 동지인가
마치, 거대한 꿈을 이루려는 듯
혁명이라도 일으키려는 듯

지나는 사람들
목례를 건넨다
이 세상을 구원하러 온 구세주인 양

사연들도 참 많다
때로는 너무 사연이 많아
감당하지 못해
와르르 꿈이 무너진 적도 있다
부처님이라도 만난 듯 매달리어
부담이 된다
언제부터 인가 유명세를 타게 되었고
이젠, 무거운 책임감을 느낀다

오늘도, 하늘에 닿기 위해
서로 의지한 채
한 발, 한 발 오른다

검투사

순간의 방심이 뒤돌아 등에
비수를 꽂는

오늘도 달그림자 속 검무를 춘다

당신은 살인의 빚을 진사람

자본주의에 사육 당하는
살인의 습관자
살인의 완성자

하지만 검의 조상은 알지 못한다

목을 노리는 절명의 검 끝 다가오는 찰나
비릿한 내음
긴급 구조신호를 보내는 익사자의
마지막 외침처럼

예언자는 예언이 벗어난 적 없고

단말마의 외마디 고막 찢으면
솟구치는 핏줄기
입술 핥으며 느끼는 단맛
들려오는 함성소리에 제어할 수 없는 극도의
피의 노예가 된다

언월도 휘두르는 저녁

희미한 불빛아래 번쩍이는
녹슨 섬광

검법 수련 위해 무림고수 흉내를 내고
야사에 전해 내려오는 검서劍書
탐독하지만

시퍼런 등 부릅뜬 두 눈에
허공 한 번 찌르지 못하는

종점

마지막 계단을 내려선다

낯익은 하늘이지만, 늘상
풍경은 쓸쓸하다
황량하게 펼쳐진 광야,
바닥에 움푹 패인 웅덩이
깊이만큼 아프다
방향을 잃었다 아니, 방향은
존재하지 않았다
모국어가 소용없는, 다른 어떤 언어도
필요하지 않은

수없이 남겨 놓은 미로 위 발자국
지나온 세월의 무게를
측정할 수 있을까
후회와 위로는 동색일까
회귀본능이 허물을
벗어 놓는다

껍데기가 수북하다

모닥불

그리 멀지 않은 거리라고
생각했어
동네 골목을 한 바퀴 돌아온
정도라고 할까
언제부터 인지
기억은 희미하지만
서로의 온도가 싸늘해져 간다
는 것을 느꼈어
배경을 이야기 하면
늘, 어두웠어
그렇게 예견된 수순이었지
여명이 닿기 전에
사위었어
운명적이었지
재속의 온도를 가늠하는 것은
너무 슬픈 일
처음 발화를 떠올리면
아직, 뜨거워지긴 해

무혈 혁명

지구가 침묵 중이다
엄한 함구령이 내렸다

이유 모르는 왜가리 바위에 앉아
긴 목 갸우뚱거리고
기억이 언 잿빛 새 한 마리
무심하게 북으로 난다

여기저기 봉기가 일어난다
곳곳에서 자유의 노래 들려온다
휘몰아치던 칼바람도 이젠
손끝이 무디다

시퍼렇던 서슬이 무너진다

합창 소리 점점 가까워진다
혁명은 고독하다는 말은
낡은 수첩에나 가두어야 한다

무혈 혁명이 어깨동무하고 빠르게 번진다

지금 겨울 강에는
천년의 철권이 무너지고 있다

디아스포라

은빛 죽지 번쩍이며 천공 가른다
행로 알 수 없는

주저앉아 온몸으로 울부짖는 까만 눈망울
굳게 닫힌 공장 앞 플라타너스 깜짝 놀라
큰 귀 곧추 세운다

오열 반, 목소리 반 어디로 향하는지

오른 손목 하얀 붕대를 감고
희망의 나라 찾아와 절규하고 있을까
낯설고 물선 이국땅 귀퉁이에서
무너지고 있을까

지구 저편에서도 격랑이 이는 듯

기계 소리 멈춘……

낮은 담벼락이 어깨 감싸주고 있다
점점 넓게 퍼지는 비행운

흐릿한 꼬리 되어 이내 사라진다

108병동에서는

예리한 경계의 눈썹이
촉촉이 젖어 든다
저 너머엔 궁금하지 않다
슬리퍼 끌려가는 소리
어느 호실인가 뼈마디 쑤시는 소리
밤새 친절하게 나의 안위 보살피는
무표정한 마네킹
심중으로 퍼 나르는 연약한 생명수도
새벽 어스름처럼 지쳐간다
창문엔 해독 할 수 없는 난해한 문장이
지루하게 쓰여진다
이따금 섬 밖에서 날아드는
수신인 없는 호출소리 적막 뚫고
오래도록 소유하고 싶은, 통속하지 않은
이, 무위의 섬
민망한 이, 평화
신이 던져준 선물일까

여기는 까치가 경계 짓어대는
낯선, 섬

작가 후기

    첫 시집을 출간하고, 어언 3년의 세월이 흘렀다. 당시만 해도, 2집을 출간할 수 는 있을까, 불확실성에 마음이 매우 무거웠는데, 다행히 이 시점에 와 보니 감개무량 하고, 처음 시를 쓰겠다고 다짐하며 보낸 시간이 주마 등친다. 시를 쓰겠다는 일념으로 참 많은 고생을 사서(?) 하기도 하고, 좌절도 많이 했다. 때로는 수작이나 되는 양 환희에 차서 혼자 고성을 지르기도 하고, 어떤 날은 밤새 시를 써 놓고, 아침에 일어나서 읽어보면 유치하기 그지없어, 밤샌 역작(?)을 찢어 버리고, 해장국집에 가서 순댓국에 쓴 소주를 마시기도 했다.

    그러나, 그런 좌절감 속에서도 시를 포기하고 싶은 생각은 없었다. 다른 사람들이 보면 웃을지도 모를 시답지 않은 시를 쓰면서도, 언젠가는 내가 원하는 시를 쓸 수 있다는, 희망 하나는 버리지 않았다. 나름 독서도 많이 했다. 시론에 관한 책과 시창작 방법에 관한 책, 특히 시집을 많이 읽으면서, 열심히 노력하면, 언젠간 나도 저런 시를 쓸 수 있다고 자위했다. 생각하면 늦은 나이에 등단을 하고, 이제 글 쓸 날이 얼마나 남았다고 고생이냐며, 희망과 절망의 희비쌍곡선을 그리는 날도 비일비재 했지만, 다행히도, 시의 끈을 악착같이 잡고 있던 것이, 나름 대견하기도 하고, 이제는 나의 인생, 운명 아니 그 이상의 것이라고 해도, 결코 자신에게 거짓말을 하는 것은 아니라고 자신 할 수 있다. 첫 시집을 출간하고서 필자의 시를 읽는 독자들의 반응은 어땠을까, 가 참으로 궁금했다. 그렇다고 대놓고 이사람 저사람 물어보기도 쑥스러운 일이고, 친한 사람 몇에게 물어보니, 어떤 사람은 좀 어렵다고 하고, 또 다른 사람은 괜찮았다고 한다. 2집을 준비 하면서도, 흔히 말하는 독자와의 거리에 대해서 많은 생각을 했다.

시 창작 강의를 듣거나, 시 평론을 읽다 보면 소위 "쉬운 시"와 "난해 시"에 관한 이슈를 자주 접하게 된다. 필자의 과문한 탓인지는 모르겠으나, 대체로 중견의 기성 시인 과 젊은 신세대 시인들과의 의견 차이인 것 같다. 전자의 경우는, 소통을 앞세워, 그 어려운 시를 특히, 요즘처럼 바쁘고 인터넷이 발달한 세상에 누가 읽을 것 이 나며, 독자가 시를 외면하는 이유 중 하나라는 지적을 하고, 후자의 경우는, 시란 본인의 사상, 철학, 세계관 더 나아가 모든 영혼을 쏟아 부어 쓴 것인데, 일기장 넘기듯 통속잡지를 읽듯 읽혀지는 것은 아니라는 항변인 것 같다. 양쪽 의견 다 일리가 있고, 우리 시문학이 발전하고, 독자들에게 한 발짝 더 다가가기 위한 나름의 고뇌라고 생각한다. 시력 짧은 필자도, 앞에서 말 한바와 같이 시를 쓰면서 이 점에 대해 많은 고민을 해왔다. 그러면서 나름 확립된 시관은 너무 쉽지도 않은, 그렇다고 어렵지도 않은, 예컨대 한 두 번, 혹은 두세 번 정도 읽으면 이해가 되고, 독자 나름의 판단을 할 수 있는 시가 괜찮겠다고 생각한다.

어떻게 쓴 시가 좋은 시이고, 잘쓴 시 인가를 떠나서, 솔직히 밤을 새우고 몇날 며칠을 고민하면서 쓴 시가, 단 몇 초에, 지나가는 이야기처럼 잠깐의 생각도, 멈춤도 없이 읽히는 것이, 독자와의 소통은 아니라고 생각한다. 필자는 글을 쓰면서 이 점에 시간과 노력을 많이 할애한다. 너무 직설적이면 은유를 생각해 보고, 좀 어려우면 소통과 공감을 염두에 두고 퇴고를 한다.

지금도 지인이나 주변사람을 만나면, 그렇잖아도 잡다한 일로 골치 아파 죽겠는데, 머리 아프게 시는 "왜 쓰냐고"지금도 "계속 쓰냐고" "왜 그 어렵고 밥도 안 된다는 시를 쓰냐고" 묻는 경우가 있다. 예전엔 당황하거나 대답을 못하는 경우가 태반이었는데, 이제는 나름 시력이 쌓였다고 "시의 정의를 찾기 위해서 쓴다"고 "밥이 될 때까지 쓸 거라고" 뻔뻔스럽게, 호기 있게 대답한다. 때로는 힘들면 시마에 씌었다고, 웬놈의 시는 시냐고, 괴로움을 토로하기도 하지만 "뱃속까지 내려가서 써라"는 나탈리 골드버그 와 "지금 시를 쓰고 있는 사람이 시인이다" 라는 어느 중견 시인의 말을 상기하면서, 마음을 다시 가다듬곤 한다.

2집을 내면서도, 역시, 마음이 두근거리고, 한편으론 궁금하기도 하고, 다른 한 편으론 걱정이 되기도 한다. 필자의 시를 읽어줄 예비 독자들(대부분 가족, 친구, 지인들)과 소통이 될 수 있고, 공감을 해주는 시가 되었으면 하고 바라면서, 모든 분들의 건강과 행운을 기원한다.